鴨川紀行

石倉 聡
Ishikura Akira

文芸社

目次

エッセイ

自分が文章を書くようになるとは思わなかった。幼い頃から読書家であったわけではない。気分が乗ると月に一、二冊読む程度で、乗らなければ全く読まないこともよくあった。作文も苦手であり、嫌いでもあった。大学に通うようになってもレポートなどは他人の書いたものをまる写ししていた。しまいには写すのもバカバカしくなって他人のレポートをコピーしてそのままホッチキスでとじて出したことがあった。なぜあれが通ったのかは今もって謎である。それが三十歳頃から自分の書いた文章の意味が分かるようになった。分かりやすく言うと、自分で書いた文章の意味を他人が読んでも分かるであろうということを自分で分かるようになった（余計に分かり難い？）。思うに、文章を書くには一定量のトレーニングが必要である。自分でそんなトレーニングをしているつもりは全くなかったのだが、長く（？・）生きてきた結果、ある時その一定量を超えたのだろう。

厳しいトレーニングをしてきたわけでもないので、特別うまい文章を書くわけではないが、何とかギリギリ合格ラインに達したと自分で勝手に思った。そして、ポッリポツリ書くようになって、文章を書く際一番大事なことはその中身であることに気がついた。物凄く当たり前のことである。しかし以前は文章になって書かれていると、まるでお上からの授かり物のようにして頂いている部分があったのだが、じっくり読んでみるとそうでもないものもあることに気づいた。

もし、ここで古文の仮名遣いで書き始めたら（書ければの話だが）、文法的には大間違いである。英語でやっても（書ければの話だが）現代日本語の文法としては間違いである。文章を書くのはあくまでテクニックであり、文章が書ける人が偉く、書けない人は偉くないということではないという話である。色眼鏡を外して読んでみると駄作のバカバカしさはともかくも、一流と言われている作家の素晴らしさがよく分かるようになり、先は恐ろしく遠く彼方にあるように思われた。

ここで、夏目漱石の『草枕』を引用させていただく。主人公と女の会話から

「西洋の本ですか。六《む》ずかしい事が書いてあるのでしょうね」

「なあに」

「じゃ何が書いてあるのです」

「そうですね。実はわたしにも、よく分からないのです」

「ホ、、、それで御勉強なの」

「勉強じゃありません。ただ机の上へ、こう開けて、開いた所をいい加減に読んでいるのです」

「それで面白いのですか」

「それが面白いんです」

「なぜ?」

「なぜって、小説なんか、そうして読む方が面白いです」

「よっぽど変って入《い》らっしゃるのね」

「ええ、ちょっと変ってます」

「初から読んじゃ、どうして悪るいでしょう」

「初から読まなけりゃならないとすると、仕舞迄読まなけりゃならない訳になりましょう」

「妙な理屈だ事。仕舞迄読んだっていいじゃありませんか」

「無論わるくは、ありませんよ。筋を読む気なら、わたしだって、そうします」

「筋を読まなけりゃ何を読むんです。筋のほかに何か読むものがありますか」

……以下続く。


最近、分厚い占いか何かの本でぱっと開けたところに自分にとって必要なことが書かれているというタイプの本がいくつか出版され売れているらしい。『草枕』が書かれたのは一九〇六年、今から九十八年前になんとこのての本の登場を予言していたのである。なぜ漱石はそんなことができたのだろうか？

私の推測だが（そもそも私が書く文章は引用の部分以外は全て私の独断による考えだが）、漱石が普段小説を読む時そういう読み方をしていたから、「そういう」というのはパッと本を開いてそこから何行か何ページか読み、飽きちゃって途中でやめるという読み方をしていたのではないか。となると、漱石は随分いい加減な人間のように思われるが、彼はその小説なるものを読む側であったと同時に書く側にも立っていたのである。

深読みしすぎかもしれないが、漱石曰く、「小説を書くのならどのページを開いて読み始めても面白く（人生の示唆に富むように）書きなさい。そのような書き方をするにはまず頭の中に格言集・名言集などがしっかり入っていなければならない。単に覚えているというのではなく自由に使いこなせていなくてはいけない。机の片隅に格言集・名言集を積んでおいてそれをパラッと開き読んで感動し共感するのは比較的簡単であり、それに付け足して文章にする〈まさに今私が書いているものがそうであるが、漱石の言葉をかっぱらって〈お借りして〉それに文章をくっつけているだけだから〉のは簡単である」と。

ここで試しに手元にある何か格言集・名言集を持ってきてもらって、いいなと思うものを一つ探してほしい。そこで、その本を閉じて同じ内容を別の表現で言い換えてみてほしい。簡単にできそうにみえてこれがなかなか難しいと感じたら〈私はよくよくそう感じる〉、それは覚えたかもしれないがまだ頭に入っていないのだ。小説という体裁をとる以上、場面設定や登場人物に合わせて有難い言葉を自由に変換して出力しなければいけない。そして、全体の筋の展開に合わせて話をくっつけていくのである。

大変いい加減な小説の読み方を主張していた漱石の姿は、実は大変難しい小説の書き方を主張していたのかもしれない。で、実際漱石はただそれを主張しただけでなく実行した。この『草枕』はどこを読んでもなるほどと思わせることが書いてある。例えば、すぐ次のページから引用すると（またかい？）。

「全くです。画工だから、小説なんか初から仕舞迄読む必要はないんです。けれども、どこを読んでも面白いのです。あなたと話をするのも面白い。ここへ逗留して居るうちは毎日話をしたいくらいです。何ならあなたに惚れ込んでもいい。そうなるとなお面白い。しかしいくら惚れてもあなたと夫婦になる必要はないんです。惚れて夫婦になる必要があるうちは、小説を初から仕舞迄読む必要があるんです」

と、もはや小説の書き方のコツではなく人生における時間とはこうやって流れていくものだと説いている（と私は思う）。さすが漱石。

で、その漱石に一言言いたい。

「そんなことはできません」。

私には漱石より教養がない、時間がない、お金がない、地位も名誉もない、女にもてない、コネもない、ネコもいない、……いろいろない、ないないないない。

大変、言い訳がましいのだが事実無理そうである。

思いついたことを上手にお話という形に変換して、上手に並べ替えて、筋にのせて小説にするという形はとれそうもない。私にできるのは思いついたことをポツリポツリと書くことぐらいだ。それらまとまりのない話を集めてエッセイ（でいいのか？）とした。

物忘れ

最近、物忘れが激しい気がすると思ったことはないだろうか？　もし、あったのなら気のせいではなく間違いなくあなたは物忘れが激しい。それが最近始まったことではないことを忘れてしまっているからだ。気の利いた書き出しだと思いながらも、何となくどこかで聞いたことのあるようなセリフのような気がしてきた。可能性としては二つある。一つは本当にどこかで聞いたか読んだかしたことがあるセリフの可能性、もう一つは私は思いついたことをメモる癖があるのだが、とっさにメモれないときは頭の中で繰り返して覚えるのである。それが頭にこびりついている可能性がある。どちらが正しいのか思い出せない。

ついさっき何かをしようと部屋に入ってきたのに何をしようと思ったのかが思い出

せないということはよくある。対策としてはもとの位置に戻って同じ姿勢をするのだが、さっきどのような姿勢をしていたのか思い出そうとすると本来思い出そうとしていたことが余計に記憶の彼方に消えていくような不安を覚える。思い出せないと何か凄く重要なことのようで不安になってくる。

実際、昨日のことだが、半年ぐらい前から思い出せなかったことが奇跡的にふと思い出すことができた。結局、たわいもないことで、「なーんだ、よかったね」と妻と話をしたのだが、今それをネタにしようと考え込んだがまた思い出せない。また半年待たなければダメなのだろうか？　妻に聞いてみると確かに、昨日、半年ぶりに思い出したことの話をして、「なーんだ、よかったね」と言ったことは覚えているのだが、何の話だったかは思い出せないと言う。

人間は物忘れする動物である。うまくもなんともないが人間の定義の一つである。覚えていたいと思うことほど忘れてしまって、忘れてしまいたいことほど覚えていたりする。これはいったいなぜなんだという疑問を持ち始めて、かれこれ四半世紀が経とうとしている。しかしこの間ただ指をくわえていたわけではない、最近独学で私なりの仮説が立ったので発表しよう（そんな勿体ぶることでもないが）。

みなさん、昨日の夜食べたものは覚えているでしょうか？　ここで脱落する人もいるでしょうがそれは別に恥ずかしいことではありません。それでは一昨日の夜食べたものは覚えているでしょうか？　このへんで過半数の人が脱落するでしょう。今、私自身思い出せません。どうしても思い出せと言われれば冷蔵庫の中身を見て十分ぐらい考えさせてくれたら思い出すかもしれません。以前の私なら一週間ぐらい前まで思い出せたかもしれません。なぜなら使った食器が流しにそのまま放置されていたので（今では毎食後妻がかたしてしまいます〈おのろけかよっ！〉）。記憶自慢の方に対しての質問ですが、三日前の夜食べたものは覚えているでしょうか？　さてこの質問を続けていくとほどなく答えられなくなるのは自明です。実験一はここで終了。

では、今まで食べた食事の中で印象に残るものを五つあげてください。あれこれ思いをはせ五つに絞りきれない人、なんとかひねり出した人、いろいろあるかと思いますが、ほとんど全員が思い出せたでしょう。これで実験二は終了です。

ここで実験一の結果と実験二の結果を見比べておかしなことに気がつきます。つい最近のことが思い出せないのにえらく昔のことを覚えている。このことからある仮説が立ちます。もちろん仮説ですからいろいろ立ちます。例えば昔は記憶力のよい頭をしていたのが事故か何かでものを覚えられない体質になった、昔は貧乏で毎日同じようなものしか食べていなかったのだが最近は金持ちになり毎回珍しいものを食べるので覚えられないetc。私の仮説は、「心をムギュとやられたことは記憶に残る」です。

印象に残る五つの食事と聞いてどんなものを思い浮かべたでしょうか? 彼氏（彼女）との素敵なディナー、頬っぺたが落ちるほど美味しかった食事、怒っていた母親がそっと出してくれた食事、一杯のかけそば、畑から盗んできた芋、コンビニから盗んできた弁当（盗むが続くなあ）、絶対食べきれないほどの量がもられた天丼、一口食べるごとに汗が唾液が涙が、体中の汁という汁が出たカレー、必要以上にしょっぱかったラーメン、店主が親切にもこれまずいよと言って出してくれたマーボー豆腐、なぜかカナブンが入っていたコーヒー……。

気持ちのよかったものをたくさんあげた人、嫌な思いをしたものをたくさんあげた人、いろいろいると思うのだが必ずわけありのものばかりのはずだ。食べ物だから美味しい、まずいは当たり前。楽しかった、淋しかった、嬉しかった、腹が立ったなど「心をムギュとやられたことは記憶に残る」のだ。繰り返し繰り返し広告を打つ店よりも、あ〜美味しかったという客の気持ちを打つ店のほうが繁盛するのはそんなところにあるかもしれない。

さて、食べ物から記憶全般に話を戻すと、人はいろいろなことを忘れるが一方いくつかのことを覚えている。それはいい意味でも悪い意味でも感情を揺り動かしたものばかりである。「感情が記憶を作る」と言い換えてみてもいいかもしれない。もちろん、感情によらない記憶もある。一二三二年御成敗式目、一二三二年御成敗式目、一二三二年御成敗式目……繰り返し繰り返し書いたり唱えたりしたことも一応記憶には残るがなぜかすぐ忘れてしまう。一一九二年鎌倉幕府成立「いい国つくろう鎌倉幕府」。これを聞いて「バカみたい」と思いながらもそのバカみたいという感情の揺れによって結構いい年になっても覚えているものなのだ。

繰り返して覚えたものを短期記憶、感情の揺れによって生じたものを長期記憶と私は勝手に名づけた。短期記憶の欠点は繰り返していないと忘れてしまうことにある。言葉などは両方の性質があると思うが導入の部分では明らかに短期記憶的要素が強く、かなり繰り返さないと覚えないのではないかと思う。そして言葉を使って生活をするうちにいろいろな出来事に出会い、言葉が記憶に刻まれていくのではないか。私が英語を喋れないのは繰り返しがないし、英語の思い出といったらbreakfastをブリエイクファストと読んで英語の時間に笑われたぐらいしかない（そのことはよく覚えている）。その後、breakfastの発音も間違えたことはない（つもりだ）。

さらに、長期記憶には利点があると私の説はどんどん続く（まあーいっか）。長期記憶は応用が利くのではないかと考えるのだ。例えば、いきなり女性の肩に手を回して怒られた（ドキッとした）、いきなり女性の腰に手を回して怒られた（ドキッとした）……だとするといきなり女性にキスをすれば怒られるのではと事前に分かる。

例が悪かったので分かり難いかもしれないが、例えば今まで気持ちよかったことを思い出してみてほしい。彼女（彼氏）と付き合い始めた、美味しいものを食べた、気持ちのいいマッサージを受けた……とどんどん例をあげていくと全体の傾向から、やったことのないものでもこうすると気持ちがいいのでは、という候補を見つけることができる（もっともそれが必ずしも気持ちいいとは限らない）。逆に、さっきの例のような不快なものも同じだ。

短期記憶が棒状に並べられたものだとすれば、長期記憶は感情によって近いものが整理されて収納されている。よって今後起こりそうな出来事を記憶を参考に推測できるのではないか？　その感情というのも嬉しい、悲しい、楽しい、腹が立つという言葉になるものから、うまく言い表せないくらい細かい感情まであるのではないか？

そんな気がしてきた。

先日、私の結婚式があり自宅に帰った後、両親からもらった百万円の札束が入った封筒を開けることがあった。開ける瞬間心がムギュとつかまれた。この感覚何かに似ている。何だろう……しばらく考えて分かった。付き合っている女性の下着を初めて脱がす時に似ているのだ（こんな話はどうでもいいことだが……）。

この仮説が正しければいろいろなことを説明できる。ある同じ体験をした二人が同じように感情を揺り動かされれば二人とも覚えていて話が盛り上がり、片方の感情しか動かせなければ話が盛り上がらない。

「この間の一面のラベンダー畑きれいだったね」

「そうだね、写真で見ることはあったけど、あんなにきれいだとは思わなかったよ」

となるか、

「この間の一面のラベンダー畑きれいだったね」

「そうだっけ？」

となるかはそれぞれの人が何を感じたかによって違ってくる。
「感情が記憶を作る」は合っているのではないかと私は思う。

意地でも怒るかっ！

チャンチャチャチャンチャンチャチャチャチャーチャチャチャチャーという登場の音楽で有名なダースベイダーにならないためにはどうしたらよいか？（そんなことを考える必要はあるのか）

映像がキラキラしていて未来を描いたSFなので、どうしてもマニアックな人向きに思われてしまうのだが、じっくり見るといろいろと大事なことを教えてくれているので私はとても好きである。

ここでダースベイダーを知らないという人のために、あるいは映画を見たけど忘れたとか、あのでっかい火を吐く恐竜みたいなやつでしょとか、首が三百六十度グルグル回るやつでしょとかいう人のために説明しておくと（本当はビデオを借りて観るのが一番いいのだが）、スターウォーズに出てくる悪者（簡単だな……）、初めはジェダイといっていい者（簡単だな……）だったのだが後に悪者になってしまい、暗黒の強い力を使って宇宙征服を企むのである。

「なんでいい者が悪者になっちゃうのよ、私はそれより恋愛ドラマを観たいわ」と言うお嬢さんはちょっと待ってください。そもそも、能力のない人がいい者や悪者からスカウトされることはあまりない。使ってみて戦力になると思えばこそスカウトされるのである。初めは誰でも悪者（ヒール）よりはいい者（ヒーロー）になりたいと思うもので、ダースベイダーも初めはそうだった。しかし、悪者軍団の嫌がらせがいやらしい。特別悪いことをする前からお前は悪魔だー！と噂を立ててみたり、やってもないことを捏造されたり、知らないところで周りの友人に悪口を吹き込んだり、イタ電してみたり（そんな話だったっけ?）。

「そんなのやり返せばいいじゃないのよ、私はそれよりデパートに買い物に行きたいわ」というお嬢さん、もうちょっと待ってください。悪者は基本的に何でもありなんだけど（悪者だから）、いい者はやり返すにもルールがあって、同じレベルで戦ってはいけない。怒りにまかせて戦ってはいけないというのがあるのだ。

「よく分かんない、私はお腹空いたの、何か食べに行きたいわ」「そんなこと言わないでもうちょっと付き合ってよ」（といった一人芝居は疲れるのでやめにして）。「ようよう兄ちゃん、わてら悪のことボロクソ言ってくれるやないか、コラー！」「いや、悪がいけないっていうわけではないんですよ」（まだ一人芝居続けているじゃない……）。「悪には悪の決まりがあるべきだと思うのですけど、例えば筋を通すとか……」

そもそも、組織（人が何人か集まって作るもの）にはそれぞれ運営のルールがあってそれを守っていれば、悪い組織だろうが良い組織だろうが私は気にしない。そのルールは誰が作るかといったら長年の伝統により何となく決まっていくもので、少しずつ修正しながら受け継いでいくものである。よって、前出の悪い組織の人が、「基本的に素人さんには手を出さない」というルールを持っていたとしたら、それは別に手を出してもいいんだけどそういうことを繰り返すと、「祭りの時に資金集めしにくくなるんだよなあ」などという経験に基づいて決まっているものなのだ。

私が思うに良い組織も悪い組織も人が集まって運営されているということから非常に形態が似てくるのだ。五十人の組織は五十人なりの運営の仕方があり、五千人の組織は五千人なりの運営の仕方があるにすぎない。で、私が思う「良い悪い組織」（意味が分かり難いが……）とは運営がうまくいっている組織で（おかげで落ち着いていられる）、「悪い良い組織」とは運営がうまくいっていない組織である（落ち着かない）。

で、ジェダイ（スターウォーズのいい者）の組織になぜ怒りにまかせて行動してはならないという決まりがあるかというと（やっと本題に戻ってきた）、先ほどジェダイでは能力のあるものをスカウトすると書いたが、どのような能力のある人をスカウトするかというと、感受性豊かな人である。

さて、ここからは映画を離れてなぜこの話が生活に役立つかというと（誰の役にでも立つと思うが、特に感受性豊かな人には特に役立つ）、人間取り返しのつかないことをしでかす時には大体、怒りにまかせてすることが多いものなのだ。感受性豊かな人はいい面が出れば、愛する気持ち、人の痛みを分かる気持ち、優しい気持ち、楽しい気持ちなどが平均的な人と比べて強く出るが悪い面が出ると、妬む気持ち、怒る気持ち、恐れる気持ちなどが平均的な人と比べて強く出る。そういった劣情に駆られた行動は大体誉められたものじゃないことがジェダイの世界（あらら映画の話に戻っちゃったよ）では経験的に知られているのだ。

歴史上の有名人が怒りっぽかったというエピソードはよく残っている。もちろんそのての話をそのまま信じてしまうのはその有名人に失礼だと思うのだが。一つには細かいことに気がついてしまうという感受性豊かならではの部分もあるのだろう。例えば同じような話を何度も何度も聞いてくるとか、懇切丁寧に説明しているのに分からない（ここまではいいとしよう）、挙句の果てに分からないのは説明が悪いせいだと言わんばかりの態度をとるなど（同情の余地のあることが多いのだが……）。そこで

「バカモーン！」となるのだ。

やがてその人が故人となり、縁者が集まると中に一人、「そういえば俺、あの人にはよく怒られたな〜」とか話す人が出ると、「あっ俺も俺も」「私も私も」となり（この際自分がどんな悪いことをして怒られたかを語るものは少ない）、憐れその故人は怒りっぽかった人として人々の記憶に残るのである。

で、口で「バカモーン！」と言うぐらいだったらさほど問題にならないが、時々とんでもないことになることがある。よって、怒りに身を任せないという内規をジェダイ評議会は持っているのである。とんでもないことが、どうとんでもないかは素人よりもジェダイ評議会のほうがはるかによく知っているので、素人が口を挟む余地を許さないのはそういう理由である。それはまるで素人が前出の悪い組織の人たちの会議に口を挟むようなものだからである。

じゃ、私たちには関係ないじゃんと思うかもしれないが、間違わないように言っておくと、感情が豊かだと感情が抑えられないのではない。感情が豊かでもそれを十分コントロールできる人もいれば、感情が貧しくてもコントロールできない人もいる。よって、ジェダイでない我々も劣情に侵されないように行動するべきである。一方、ジェダイたちは日々の鍛錬によって怒りをコントロールしているし、またその研究も続けているようである。

長々と話してきたがこういったとっても大事なお話がいくつか映画の中に込められていて、なおかつ難しく考えない場合でも映像で楽しませてくれるところが私がスターウォーズを好きな理由である。

結論、ダースベイダーにならないためには怒らない、しかし現実問題あんまり怒らないとムチャクチャやられるし、あの人は人間ができていて怒らないなどと噂を立てられるとその後、非常に生きていきにくくなるので時々怒るようにする。

トンビ（春夏）

ある日トンビが向かいにある二階建ての建物の上のテレビアンテナの上にとまっていた。テレビアンテナについては何であんなにへんてこな形をしているのかという疑問からよく目につくのだが（ここで指すアンテナは地上波用のもののことで、衛星用のアンテナはすっきり円盤型で気持ちいい）、この日はトンビが気になった。トンビはアンテナの上でキョロキョロしていた。飛ぼうとした瞬間に失速して地上から三メートルぐらいのところまで落下した。とたんに電柱にとまっていたカラスが二羽飛び立ち、トンビを追っかけ始めた。追われたトンビは慌てて上昇しようと羽をばたつかせ難を逃がれた。

ここでふと疑問に思ったのだが、なぜカラスはトンビを追っかけたのだろう？「カラスは意地悪だから」というできの悪い小学生のような考えに蓋をして現場検証が始まった。お互いとまっている時はそれらしいアクションがなかったように思えた。トンビがとまっていたテレビアンテナと、カラスがとまっていた電柱とを比べるとテレビアンテナのほうが高い位置にあるのだ。ひょっとするとトンビとカラスでは高さを基準に住み分けているのではないかという仮説が立った。こういうことは動物行動学の専門家がおそらく調べていて、そういう書物を読めば詳しく書いてあるのかもしれないが、気になったのでそれ以降トンビに注目することになった。

仕事の都合で鴨川というのどかな町に引っ越してきて一年以上経っていたのだが、この一件があるまではトンビに気づかなかった。トンビがいるにはいたのだが（後になって分かったのだが物凄く大量にいる）、目に入ってこなかった。トンビに対する一般的なイメージとしてはピーヒョローピーヒョローという鳴き声が情けないのとか同じところをグルグル回っているとかいったところで、私もそうだった。

トンビが気になりだしたといっても、初めはそれほど細かく観察しようという気持ちがあったわけではなかった。八枚のガラス窓が並んだ職場の窓から見える風景は大きな額縁に入った一枚の絵のようであった。絵の中央には田んぼが広がり、その先に公立高校がある。右隅に農協の建物が、左側に自動車屋の建物があった。その風景の中にトンビが入ってくると、「おっ、あそこに飛んできたぞ」と喜ぶ程度のものであった。

五月の終わり頃であったが、一ヶ月程度の観察によりトンビとカラスの高さによる住み分けはどうも事実ではないかと思われた。それではいったい何メートルからがトンビゾーンとカラスゾーンの住み分けなのかという科学的な（そうでもないか……）線引きがしたくなった。ここから見える限りでは電柱の高さまではカラス、それより上の建物の部分がトンビと結論づけてもよいのではないかと思えてきた。

梅雨が近づき空気がドロッとしてきた。私は人一倍汗かきなのでこの季節がとても嫌いである。暑くもないのに湿度があるのが一番こたえる。それよりもいっそ夏のほうが気が楽である。よってこの時期は辺りの空気に合わせてドロッとした気持ちですごすのである。そして梅雨になると決まってプールへ通いだす。サッパリしたいのだ。そして約半年ぐらい行ったり行かなかったりを続けて、寒くなる頃になるとタイギになってサボりだす。夏に少し減った脂肪が冬に倍になって帰ってくるという生活サイクルを十年ぐらい続けている。

ある梅雨の日、いつも通っているプールの駐車場に車を停めて少しボーッとしていた。その駐車場の向かいに繁っている木々の上にトンビたちがとまっていた。数えると一、二、三、……十羽ぐらいいたのである。なるほどここか、普段空を飛んでいるトンビたちの溜まり場を見つけたと思って少し嬉しくなった（後に分かったのだがあの大量のトンビは別にここだけにいるのではなく、そこらじゅうの林にとまっていた）。車を降りてトンビを驚かさないように近づいていった。これが結構大きい。爪や嘴《くちばし》もしっかりしていて少し怖いぐらいである。本当は木によじ登ってもっと近づきたかったが、そんなことをすると気の利かない人がやってきていらないことを言ってきそうなのでやめた。

それからしばらくの間、プールに行くたびにトンビを見てなんとなく嬉しい気持ちになっていた。ここで疑問に思ったのはトンビがとまっている枝の高さである。どうも職場の窓から見えるカラスがとまっている電柱より低いように思われた。となるとトンビは地上何メートルが彼らの領域なのだろうか？　さらにこのプールのある場所は海に近く土地が低いように思われた。もう一つの疑問が芽生えた。どこを基準に何メートルと計ればいいのだろうか？（後半へつづく）

虫

小学生の頃、私は虫が好きであった。思えば「好き」とは不思議な言葉である、何というか……使い方によって主語にとって都合のいい言葉である。AはBを好き。このことによって当然AはBを好きなことは分かるが、BがAを好きであるかは全く別問題である。かなり多くの場合、とてもじゃないがBに好かれないようなことをAがやっている場合が多い。虫が好きな私に虫のほうは捕まえられたいとは思っていなかっただろう。

記憶に残っているもので一番古い虫取りは幼稚園の頃のアリであったような気がする。アリがいろいろな虫を自分の巣に運んで行くのは観察によって知っていたのだが、別の巣のアリ同士は戦うということをどこかで聞いてきた。それからは、いろいろな所からアリを捕まえてきては戦わせていた。二匹のうちどちらかのアリを応援して、自分の応援しているアリが勝つと快感であった。しかし、自分の応援しているアリも何回か戦わせているうちに疲れてきてやがて負けてしまう。そういったことを何度も何度も繰り返していたような気がする。

幼稚園の夏休みであった。その日も朝からアリを捕まえに行った。アリを捕まえたり戦わせたりしているうちに急に股が痛くなった。初めはしばらくすれば治るかなと思っていたのだが一向によくならないので、木陰に隠れてパンツを脱いでみるとキンタマにアリが咬みついていた。しかし、その時は何も感じなかった（物理的に痛いということ以外）。

アリから始まった昆虫への興味は年とともに広がっていった。幼い頃、千葉市内の比較的開発の進んだ地域に住んでいた。図鑑で見るカブトムシやクワガタが大好きであったのだが身近で取れなかったため、トンボや蝶やバッタやカマキリを必死で追っかけて捕まえていた。最初に取れるようになるトンボは動きの鈍い赤トンボの仲間で

郵便はがき

恐縮ですが
切手を貼っ
てお出しく
ださい

160-0022

東京都新宿区
新宿1－10－1
(株) 文芸社
ご愛読者カード係行

書　名			
お買上 書店名	都道府県　市区郡　書店		
ふりがな お名前		大正 昭和 平成　年生　歳	
ふりがな ご住所	□□□-□□□□	性別 男・女	
お電話 番　号	（書籍ご注文の際に必要です）	ご職業	

お買い求めの動機
1．書店店頭で見て　2．小社の目録を見て　3．人にすすめられて
4．新聞広告、雑誌記事、書評を見て（新聞、雑誌名　）

上の質問に1.と答えられた方の直接的な動機
1.タイトル　2.著者　3.目次　4.カバーデザイン　5.帯　6.その他（　）

ご購読新聞　新聞	ご購読雑誌

文芸社の本をお買い求めいただき誠にありがとうございます。
この愛読者カードは今後の小社出版の企画およびイベント等の資料として役立たせていただきます。

本書についてのご意見、ご感想をお聞かせください。 ① 内容について
② カバー、タイトルについて
今後、とりあげてほしいテーマを掲げてください。
最近読んでおもしろかった本と、その理由をお聞かせください。
ご自分の研究成果やお考えを出版してみたいというお気持ちはありますか。 ある　　ない　　内容・テーマ（　　　　　　　　）
「ある」場合、小社から出版のご案内を希望されますか。 する　　しない

ご協力ありがとうございました。

〈ブックサービスのご案内〉

小社書籍の直接販売を料金着払いの宅急便サービスにて承っております。ご購入希望がございましたら下の欄に書名と冊数をお書きの上ご返送ください。
●送料⇒無料●お支払方法⇒①代金引換の場合のみ代引手数料￥210（税込）がかかります。②クレジットカード払の場合、代引手数料も無料。但し、使用できるカードのご確認やカードNo.が必要になりますので、直接ブックサービス（0120-29-9625）へお申し込みください。

ご注文書名	冊数	ご注文書名	冊数
	冊		冊

ある。赤トンボと一口に言っても実はいろいろな種類があることは長い間の赤トンボ取りの修行の中で学んでいった。一番多いのはアキアカネという胴体が文字どおり赤くて羽根が透明のもので、それ以外に出現頻度は低いのだが羽根に縞の模様が入っているヤツ（今は名前を忘れてしまったが当時は覚えていた）や羽根全体に色がついているヤツがいた。「夕焼け〜小焼け〜のあかとんぼ〜」という歌があるがそれはおそらくアキアカネを指しているのだなと頭の中で解釈していた。この歌を歌う時にはアキアカネが大量に飛んでいる中、時々羽根に線の入ったトンボが飛んでいる光景を思い浮かべていた。正直、歌詞を「夕焼け〜小焼けの〜アキアカネ〜」にしてくれるとすっきりするなとも思っていた。

「とんぼのめがねは水色めがね〜」という歌で有名なシオカラトンボは動きが速く、なかなか捕まえられるようにはならなかった。私はこの歌を歌う時いつも違和感を覚えていた。歌詞の中では水色めがねのトンボが先に出てきて、赤いめがねのトンボが後から出てくるのである。私は勝手にトンボの偉さを順序にしていて、それまではアキアカネが先でシオカラトンボはまだ手にできない偉い存在であった、よって歌の順序も逆にしてほしいと子供の頃は考えていた。一日の太陽の動きを考えれば原曲のように水色めがねが先で赤色めがねが後のほうがしっくりくるし、日暮れの寂しさが郷愁をそそるのだが、子供がどこに興味を持ちこだわりを持っているのかということは分からないものである。

長い赤トンボ取りの修行の後、シオカラトンボが取れるようになった。こういったトンボ取りは私だけがやっているのではなく当時は周りの友達もやっており（また、親の世代もやっていたのだろう）、水色のシオカラトンボがオスで、黄色いムギワラトンボがメスだという知識もどこからともなく聞いて知っていた。シオカラトンボもムギワラトンボも捕まえられるようになって、その二匹を比べてみて確かに図鑑に載っているようにシッポの先の形が違うことが分かった。さらにこれは自分独自の考えだったのだが、シオカラトンボは色が違うというよりムギワラトンボの上に銀色塗料のようなものが塗ってあるように見えた。

人の向上心（というか欲望）は尽きないもので、さらに大きく動きの速いギンヤンマを追いかけ始めた。小学三年生になって初めてギンヤンマを取った時は私にとって大きな事件であった。今でも若干おぼろげながらも興奮を覚えている。

ギンヤンマほど動きの速い虫を取れるようになると、考えられないぐらい高い所にとまっているセミ以外は何でも取れるようになる。取ってきたトンボを家の中で飼うことはできないという自分の都合により標本になってしまう。いやそれだけで済むのならいいのだがもっと残酷なこともする。

小学校三年の時である。私はカマキリにバッタを食べさせていた。何か変な気持ちがした、何かが違っていた。そこで考えた。野生のカマキリは獲物の首筋から食べ始めて息の根をとめてから他の部分を食べるとどこかで聞いた。そうだ、首筋から食べさせよう。それでも何かが違っていた。それ以降無理にカマキリにバッタを食べさせるようなことはしなくなった。しかし虫取りは随分年齢が上がるまで続けていた。何かを感じてから理解するには時間のかかることもある。

カエル

田舎の山道にはいろいろな動物が出てくる。ここでは人間様の道路に出てくる動物が悪いのか、動物たちの棲家に道路を造った人間が悪いのか、そんな話がしたいのではなく、ただ出てくるということが言いたい。代表的なものとしてはネコ、サル、あと長細いムジナ？（名前はハッキリしないが）彼らは走っている車の目の前をピューッと駆け抜けていき運転していてドキッとする。明け方に多いように思われるのだがカラスもいる。彼らは車が近づくギリギリまで退かない。こっちがスピードを緩めるとますますもって退かない、まるでチキンレースだ。

ある晩（夜中の一時を過ぎていたと思うのだが）、千葉から鴨川へ帰る途中、有料道路の料金を払おうと運転席の右側にある機械に二百円投げ入れた時何か視線を感じた。感じた視線の先を追うと、左斜め一メートルのところにシカがいた。以前から出る出るとは聞いていたのだが本物である。その時の私は例えるなら、「あは、シカだ（バカな不良口調で）」といった、どこか相手をなめるような気持ちであった。降りていって触ろうかなと思ったが、車高の低い車の運転席に座る私を見下ろす野生のシカの迫力に負けた。真夜中に山の中で私とシカと二匹でいることが怖くなった。その後、そそくさと車を飛ばしてその場所を退散した私は、例えるならガンを飛ばしていたくせに敗走するバカな不良である。誤解がないように一言つけ加えておくと不良がバカだと言いたいのではなく、不良の中にはバカな人がいてまるでその人のようだと言いたいのだ。むしろ不良でない人のほうがバカの割合は高いかもしれない。

話はそれるが、一般に自分のことをバカでないという人間がバカで、自分はバカであるという人間はバカでないことが多い。ただしこれは二〇〇三年時点でのおおよその目安である。しかし紀元前から言われていることなので意外と（今後ともかなり長くの間）人類にとって真理であるかもしれない。などと書いている間に二〇〇四年が来た。一年経って一年分の改善の兆しは全く感じられない。

夜の山道は都会の道と違って自分の車のヘッドライトが照らす明かりが頼りである。そのスポットライトの前に突然動物が飛び出してくる。正直こういった動物を轢《ひ》くことはあまり気持ちのいいことではないが避けられないこともある。前に走る車の下からネコが轢かれてコロコロと出たきたことがあった。そのネコが車高の低い私の車の下を転がりながら潜り込んだ時のいやな感触は忘れられない。こういったことはなるべく避けたいことなので、それ以後夜道の運転はよく目を凝らしてするようになっていた。

梅雨に入るとよく雨が降るのだが、ある夜に地面すれすれにチラチラと光るものがあることに気づいた。初めは木の葉などの小さなゴミだと思っていたのだがどうもその動きが不自然なのである……。ピョンピョンと跳ねている……。カエルだ。正直心の中でため息をついた、「きりがない」。無数に跳ねるカエルたちを避けて通る方法はないように思われた。自分以外の者の痛みを分かること、例えば車に轢かれる動物の痛みを分かることは鋭い感性を持っていなくてはできない。しかしやりだせばきりがない。どこで線引きをするのか分からなくなる。やむを得ないので車を走らせながら、「ナンマイダ、ナンマイダ……」と唱えた。不思議と気持ちが軽くなるものである。

私はふと思った。別にナンマイダでなくてもいいのではないか？　例えば「しょうがない、しょうがない……」でもいいのではないか？　いや別に意味なんかなくてもいいのではないか。「フォニャフォニャポンポン、フォニャフォニャポンポン……」。ナンマイダと人が唱える時どれくらいの人が意味を分かっていて唱えるのだろう？何でもいいから繰り返し唱えると人は気持ちが落ち着くのではないか？　そういえばサマセット・モームは、「サマセット・モーム　サマセット・モーム……」とタイプライターを打ち続けることによって自己規制をしていたという話を聞いたことがある。

一瞬の信心深そうな気持ちはどこへやら、全く違うことを考え始めたりするものである。私は基本的に信仰はないが、自分なりのルールづけはある。単純なルールでちゃんとしていればいいクジが引けるというものである。ちゃんとしているをどこをもってちゃんとしているかは自分が決めることである。ここで大変大事なことはあくまで自分自身で決めるということである。どこかで聞いた言葉だが、「信仰は内にあり」という言葉が一番ぴったりくるかもしれない。

このちゃんとしているラインを他人と比較し始めるとおかしなことになりやすい（もちろん全く比較のない考えというものはあり得ないのだろうが）。誰にでもこの人はどうも好きになれないなという相手はあると思う。なぜ好きになれないかといえば自分の価値観と合わないからである。そういう相手に不幸なことがあると「ざまあみろ」と思うのはある意味自然なことであろう。人によっては他人の不幸は蜜の味といって楽しむ人もあるかもしれないが、私の場合一瞬のざまあみろ感の後は無視である。ゲーテ曰く、「何を滑稽だと思うかがその人の本性をよく表す」である。悪趣味なものに長く付き合って自分のちゃんとした勘を減らす必要はないのである（それは自分のためだ）。

気に入らない相手に不幸が訪れたのは偶然かもしれないし、いろいろ無理がたたってそうなったのかもしれない（それは分からない）。しかし、それに味をしめてしまってはいけない。日頃の行ないが悪いから罰があたった（この考え自体はそれほど悪いものでもないのだが）、という考えが一歩進むと自分に比べて行ないが悪い彼にも罰が降りるだろう（このへんになってくるとちょっとアブナイ、良い悪いは自分の判断なのに他人と比較を始めた）。さらにもう一歩進むと日頃の行ないが悪い彼に罰を与えなければならないとなり完全に危険地帯に入り込む。善悪の判断がまだある程度しっかりしているうちはましだが、しまいにはアイツは気に入らないから貶めようとなっていくことが多い。

ここまで極端な例でなくとも他人との比較を始めると、まじめにやっている自分がこんなに不幸で、いい加減な人が幸せなのは私の信仰が間違っているのではないかとせっかくの自分の信仰が揺らいでしまう。

やはり「信仰は内にあり」である。物の良し悪しは自分で大体のラインを決めて判断していくしかないようである。とても心持ちの優しい人の中には他人に迷惑になるので自分の基準で行動がどうもできないという人もいると思う。そういう気持ちは大事だがやりだすときりがなくなる。そもそも世間は図々しい顔でうずまっている〈漱石より〈そもそも、この引用が図々しい、言いたい言葉があれば自分の名前を使って言うべきである〉〉ので、ある程度はお互い様と割り切らなければ前にも後ろにも進めなくなる。

ネコを轢くのがダメでカエルならいいという根拠は全くない。ただ、なんとなくである。

稲

梅雨の頃から初夏にかけて山の緑はカラフルになる。濃い緑と薄い緑、そしてなぜか遠目に見て赤みがかっている緑など様々である。山は一年中あるのだが、不思議なことに他の季節に比べて山に目がいくようになる。木の種類によって光合成の具合が違っていてこの時期には緑の濃さに差が出ているが、夏になるとどれも一様に濃い緑になるため気にならなくなると私は勝手に思っている。

動物の成長は何となく信じられるが、植物の成長は何となく信じられない。そのような私の都合をよそに職場の窓から見える田んぼの稲は驚くほどのスピードでその様子を変えていく。田植えが終わった直後はいかにもよそから運ばれて無理やりその場に押しつけられましたといった様子でチョコンと座っているのだが、梅雨の終わり頃には生意気にも昔からそこにありました、のような顔をして単子葉類独特の葉を田んぼ一面に広げている。

アスファルトの間からは、人にとってそれほど利用価値のある植物ではないものたちが顔を出す。黄色い花や白いのや紫色のやつ、名前は知らないが駐車場から職場に向かう途中地面を見ていると、「おっ、今日も咲いていたか」とほっとする。仕事が終わり、夏至の頃の長い太陽が沈む。職場から駐車場への帰り道、朝咲いていた花が花弁を閉じているのを見ると、いったいどういう構造になっているのかととても不思議な気持ちになる。また、朝咲いていた花がその花の部分だけなくなっていると淋しい気持ちになる。しかし小学生の頃、学校へ向かう途中に小さな花を見つけるとまるで何かの印のようにそれを蹴飛ばし歩いていた自分を思い出す。

お盆休みが終わり鴨川に帰ってくる途中、道沿いにある田んぼでは所々で稲刈りが始まっている。南房総では温暖な気候を利用して早めに米の収穫が行なわれるようである。車を停めて稲刈りの様子を眺めていた。小さなトラクターに乗り、稲を刈るのは髪の毛を金髪に染めて、耳に金のピアスをした青年である。太陽の日を受けて黄金色に輝く稲と青年の金髪がどこか似て見えるのは滑稽である。ピアス、金髪、稲穂が金、金、金となっている。隣にいるのは長靴を履き麦藁帽子をかぶり真っ黒に日焼けしたおそらく青年の父であろう。トラクターと一緒に歩きながら使い方を教えているようだ。

オヤジが弾む
ピョンピョン弾む
黄金色の実をつけた稲穂の中で
ピョンピョン弾む
息子はトラクターの上
少し下向き照れくさそうだ
オヤジはトラクターの横

遠くを見ながら嬉しそう
オヤジは絶対歩いてない
オヤジは絶対弾んでいる

まあ、素人の詩なので大目に見てほしいが元気があっていいのではないだろうか？（自分で言ってりゃ世話ないのだが）最近、あぁこれは絵になるなと思うことがポッリポッリと出てき始めた。そして、絵になる風景は不思議と詩にもなるようである。以前は文章の途中に詩が挟まっていたりすると何だか嫌だったが、今では何となく間に入れたいのだ。昔の自分にどう説明していいものだか分からない。本当に上手なら詩の説明に当たるような部分はないほうがいいのかもしれない。詩の部分だけで周りの風景や人の感情を全て語れるのがいいのかもしれない。しかし、「ん〜、どうしても入れたい」というしかない。

詩作を始めたのはつい最近で、そんな人が言うのもおかしなことだが、詩作をするのと物語の中で人の会話の部分を考えるのとはどこか似たところがあるように思えてならない。もちろん私は物語なんか書いたことはないのだが直感的にそう思うのである。この直感はお前は悪い霊に取り付かれているなどというもののように、はた迷惑なものではないので許してほしい。

別に一つの作品として完成させるつもりがなくても何となく頭の中で物語を考えている時に、創造力がどんどんはたらいている（調子のいい）時は人と人の会話の部分をどんどん作りたくなるのだ。登場人物がどのような顔をしているとか服装をしているとか etc は後回しにして会話の部分を進めたい。突き詰めていくと劇作家がするような作業のほうに集中していくような気がする。

詩作は観察をして感じたものを表現するのである。劇作（こんな日本語あるのかな？）は作家の創造の世界で進行していくもので、似ても似つかないこの二つが似ていると思うのである。今回はどうも説明不足で人に通じ難いことばかり言っているようである（どうやって話をまとめよう？）。ものをよく観察して感じるというのは大切なことのようである（強引すぎるまとめだね、つーか、まとまってないだろ！）。

弱い力

小学二年生の頃学校が終わるといつも公園のブランコの上にたむろっていた。ブランコは一人で乗る形のものではなく四、五人乗れる箱型のものだったのだが、その上によじ登り、柱の上に座り、いつもの五人のメンバーであれこれ話していた。何を話していたのだろう？　クラスの誰がかわいいかということと、誰かの悪口であった（覚えているのはそれくらいである）。当時の悪口はとにかく誰か（誰でもいい）を悪く言ったものの勝ちみたいなところがあって、あることないこと言っていた。

そういうことを続けていくうちにだんだんネタ切れになってきたのだろう、メンバーのうち早く帰った者がいると、残った者で帰った奴の悪口を言いまくっていた。早く帰った奴はメンバーの一員であるから事情はよく知っている。悪口は大変盛り上がっていた。私が早く帰った時はおそらく私の悪口を言っていたのであろう、そう思うとなかなか先に帰りにくくなっていった。毎日毎日繰り返された。そういうことが続くとメンバーの仲間には自分の弱みを見せられなくなる。万が一、クラスの誰々が好きとか言った日には次の日にはクラス中に広まってしまう。なんだかその集まりに参加するのが嫌になっていた。しかし参加しなければ自分の悪口が言われてしまう。

その集まりの空気はなんだか重くなっていった。その時私はある提案をした。「もう、このメンバーの悪口を言うのをやめない？」。当時としては大変勇気のいる行動だが、実はメンバー全員同じ気持ちであったようである。五人とも賛成した。それからはまるで空気が晴れたかのように気が楽になった。もちろんその後も人の悪口は言っていたのだがとことんやり込めるということはなくなっていた。クラスで誰がかわいいかなどという話も戻ってきた。

これは大人目に見ても正解であろう。コミュニケーションの一部として悪口を言うのはいいだろうがそれに腐心するのは得策ではない。そういったグループでは相手の足を引っ張るのにエネルギーを使い果たしてしまうし、失敗を恐れるようになり、新しい提案もできないようになる。結果としてそのグループは停滞してしまうのだ。もちろん大人の世界では悪い点を指摘するということはある。それは悪口とは違うのだが、相手によってはグズグズ言うので注意が必要である。そういう人が停滞しているのは自分の責任であるから無視していればいいことである。

その後、こっぴどく悪口を言うようなことはなくなったが小学五年の頃まではイジメのようなことをしていた気がする。少し体の発育がいい女の子を相手に気持ち悪いとかエンガチョとかやっていた。小五の時の担任がよく叱っていたような気がする。その担任の熱意が伝わったのか小五の途中からやらなくなった。

他人がやっていても自分はやらないと決めていた。この頃から周りと違っていても気にしなくなってきた。ただこれがまた新たな問題を生んだ。中二の時である。クラスではまたもイジメが起こっていた。私はやらないと決めていたので当然参加していなかったのだが、そんな私を見ていじめられていた生徒が私にくっついてきたのだ。

初めは問題ないのだがそのうちどこにでもくっついてくるようになった。授業中も席が隣になり、好きな女の子の所へ行く時も、便所の中もどこにでもついてきた。正直うっとうしくなった。ある日彼に言った。「今後は俺についてこないでほしい、重荷なんだよね」。その後彼はついてこなくなった。

彼は信じていると思った人に裏切られた気持ちがしただろう。唯一の頼りと思っていた人からのひどい仕打ちであっただろう。しかし、彼のことを私が自分を犠牲にして引き受けることはできない。できるラインとできないラインがあるのである。ドッカリと体重を乗せてこられても困るのである。ただ、実は私もこの時はそうとう気に病んだ。残念ながらその後も似たようなことはあった。どこで線を引いたらよいのか大変迷うのである。

大学生になっても似たようなことはあった（正直いつまで続けるつもりだろうとも思った）。人の悪口をワーッと言う奴がいて、大学生になってまで人の家にイタ電（一晩で三十回ぐらい）してきてくれた（劣情に侵されたなんとも親切な人である）。

もちろん相手の程度までレベルを落としたくないので無視をした。彼もいずれ分かる時が来るかもしれないとも思っていた。一方、観察していて面白い発見をした。確かに一時的に彼の周りに人が集まるのだが、その後は人が離れていくし、あまり彼の言うことを聞かなくなってくるのである。小学生なら彼を中心にイジメの一つも始まっただろうが、大学生にもなるとそれぞれの経験からバカバカしいことには付き合わなくなるようである。

社会人になりいろいろ人に世話になることが多くなった。学生時代までは何というか、横並びで学校にも（親が）お金を払って行っているのであまり世話になる感覚がなかったのだが（しかし本当は世話になっていた、それらしい素振りを見せてくれれば気づいたのに……）、社会人になると圧倒的な経験の差がある先輩がいて、同じ仕事をしているのである。本来的にはライバルである後輩にあまり物事を教える必要はないのかもしれないが、いろいろこまごまと面倒を見てくれるのである。また、プライベートでピンチに陥った時にも結構親身になって相談にのってくれるものである。

ただここで思ったのは相手の親切に甘えすぎないことである。相手にも時と場合により限界があることを知っておく必要がある（そう言いながら随分甘えているかもしれない）。

最近、人には弱い力があるのではないかと思うようになった。他人を思う気持ちを持たない人はいないのではないか？（それを愛と呼んでもいいが、「愛の定義はそれでいいのか？」「知らん」「あっ、逃げた」）ただしこの愛は非常に弱い力なので事情によっては突然打ち切らないといけないこともある。そのことで相手を憎んではだめだ。それは愛がなくなったわけではない、事情により愛を注ぎ込むことができなくなったのだ。人間の愛は断続的にして有限であっても十分ではなかろうか。

劣情によって起こされる行動は恐怖に支配されて他発的に起こる（自分が必ずしもやりたくはないのにやっている、とても息苦しい）。相手に行動し続けさせるには劣情を繰り返しエスカレートさせていかなくてはいけない。行き着く先は見えている。それに対して愛による行動は自発的に起こる（自分がやりたくてやっている）。一見見えなくなっていても消え去っているわけではない。やがて余裕が生まれれば戻ってくる。劣情による力を強い力、愛による力を弱い力とすれば、強い力は一時的に強力に利くが、長い目でみれば弱い力がじんわり利いてくるような気がした。

まあ、愛は馴れ合いとダレを生むという欠点もあるのだが（こんなオチはいらないか？）。

便所に行きたい（前編）

私は水をゴボゴボ飲み、酒もかなり飲むので結構頻繁にトイレに行くのだが、これがよく邪魔されてとても迷惑している。私は普段「迷惑」という単語をあまり使わない。というのは使い方を間違えると幼児語の仲間になるからだ。幼児語とは「マンマ」「ブーブー」「ワンワン」とかで、少し年齢の上がった幼児語は「ふつうは」「みんなが」「変」とかで、言葉の意味どおり使う分には構わないのだが、多用すると聞き手に対して「こいつアホだな」と思わせる種類の語である。

車の後ろに「赤ちゃんが乗っています」というステッカーを貼っている人が時々いるが、このことは「迷惑」という言葉をどう使うか（幼稚な使い方をするのか、まっとうな使い方をするのか）、人によって分かれることを端的に表している。ダウンタウンの松本さんが、「赤ちゃんを乗せたのは、オレじゃない、後ろで運転しているオレになにせーちゅうんじゃー、ぼけー！」と言っていたことがあったが、この気持ちが分かる人は「迷惑」という言葉をきちんと使える人なのである。

「赤ちゃんが乗っています」というメッセージを自分の車の後ろを運転する人に送ることは分かりやすく訳すと、「オレの車にはオレの赤ちゃんが乗っているからブーブーとクラクションを鳴らすなよ！　オレの赤ちゃんが驚いて泣き出したりしたら大変だからな！　ましてやカマほったりしたら承知しないからな！　オレに迷惑かけるなよ」というメッセージを自分の車の後ろを運転する人に送っているのである。初対面の人間に（こういう車の後ろにつく時は相手の運転手のことなど知らない）こんな失礼が許されるのだろうか。

これがクラクションをブーブー鳴らした後に掲示されるのならまだ分かるのである。ところがそうでないからたまたま車の後ろについただけでいきなり胸倉をつかまれたような不快感がするのである。クラクションを鳴らすかどうかは前を運転する運転手の技量次第なのである。邪魔な場合はどいてもらうより仕方がない。第一、赤ちゃんを前を走る車に乗せたのは私ではない。私の管理下にないのだ。どうしても大事な赤ちゃんが乗っていて、そのことをすぐに忘れてしまうなら自分の運転席からよく見えるところに（フロントガラスなどに）「赤ちゃんが乗っています」と貼っておくべきなのだ。赤ちゃんを乗せたことによって運転に気を配らないといけないのは前を走る車の運転手だ。

誤解がないように言っておくと私は若葉マークやもみじマークには苛立つことはない。「私は運転に自信がないから気をつけてね」ということを自己申告していると感じるからである。「赤ちゃんが乗っています」は何か物凄くエゴイスティックなものを感じさせるのだ。

「迷惑なんだよね」と口走った時にそれが、「実際に迷惑をかけられたことを指す」のか？「迷惑をかけられそうな予感がすることを指す」のか？（予感がするのは予感している側のせいで予感させている側は何もできない）往々にして人が「迷惑」という言葉を使う時、後者のほうが多いのだ。これを頻繁に行なうと幼稚な奴だと思われるのである。ただ今回あえて後者の意味で、「私は水をゴボゴボ飲み、酒もかなり飲むので結構頻繁にトイレに行くのだが、これがよく邪魔されてとても迷惑している」と主張したい。

まず一例目だが、その時私は酒をたらふく飲んで旅館の一室で寝ていた。急にトイレに行きたくなって目を覚ましたのである。部屋は真っ暗だったのだが定員をはるかに超えた人がびっしりと雑魚寝しているのが分かった。このまま歩いて外へ出ると人をふんずけてしまう。私のような体重が重い者に乗られたら大変なことになるだろうと困った。窓から僅かばかりの月明かりが入ってきていた。そこで私はひらめいたのだ。「今私のいる部屋の真下が男子便所なのだ！」。ここは二階である。窓からゆっくりと下に降りられるのではないか？　私の身長は一七八センチである、手を伸ばせば二メートル五〇センチはあるだろう。この旅館の二階はせいぜい三メートルぐらいの高さであろう。そーっと降りれば五〇センチのジャンプで済む。男子便所のすぐ横が玄関だ。今日は後から後から人が帰ってきているだろうから開けっ放しになっているはずだ。そこから入ればトイレに行ける！

計画は完璧であった。私は人を踏まないように壁伝いにそろりそろりと明るいほうへ向かった。窓枠の外へ出てさてここから下へ手を伸ばしてと下の様子を確認したところ、寝ていた一人が目を覚まし、「石倉さん何してるんですか？」。「あー困った」予定外のことである。どこから説明すれば分かるのか？　何より私は小便が漏れそうな状態である。時間をとっているわけにはいかない。といっても心配して声をかけてくれた彼女をほおっておくのもよくないか（そう、私はかなり人に気を遣うほうなのだ）。そうだ！　いつものバカのふりをしよう！　私は手を振って窓枠につかまって遊んでいますよというふりをした（それが伝わったかどうかは分からない）。その後彼女の視界に入らないよう窓枠を半分ほど移動したところでやれやれやっと降りられると思ったところで下へ降りたのだが……。「ガシャン！」。移動したその地点の真下に消火栓の標識があり、それにぶつかり、標識が倒れ、一階の便所のガラスを割り、私は標識にぶつかった時にその標識で頭を叩き割ったのだ。彼女に対するサービス精神でしたバカな演技が本当のバカになってしまった瞬間である。

その後私は救急車で病院に運ばれ一日の入院となった。その結果、病院まで付き添ってくれたK先輩、次の日全身打撲で車の運転ができなくなってしまい、代わりに運転してくれたK先輩および付き添ってくれたN（二人は後の旅行の予定を切り上げて私を送ってくれた）、その他もろもろの人に迷惑をかけることになった（迷惑をかけられたという表現は攻撃的であるが、迷惑をかけたという表現は相手に対する感謝と謝罪が含まれている）。

その後私は回復し、飲み会などで「バカだよなー」などと話が出ると一緒になって笑っていた。これがその話が出るたびに不機嫌になって怒ったり、泣き出したり、今ここに書いたような言い訳をすれば、この話はそんなに有名にならなかったのかもしれないが、どうも周りが楽しんでいるようだから水を差すようなことはせずに一緒になって笑っていよう、それこそが迷惑をかけた人に対する贖罪になるだろうとそう考えた。

堅く口を閉ざして十年が経った。もう時効だろうという気持ちと逆に話したほうがいいのかなと思うことがあった。（後編に続く）

便所に行きたい（後編）

次に二例目だが、その時私は居酒屋でたらふく飲んでいた（またかい）。トイレに行ったのだが使用中だった。コンコンとノックしたのだが返事がなかった。嫌な予感がした。その頃、巷では一気飲みが流行っていて飲みつぶれた人がトイレに入って中から鍵をかけて占領してしまうということがよくあった。不幸にしてその飲み屋にはトイレが一つしかない。小便の限界は近づいてきている。私は扉をドンドンと何度も叩いた。しばらくすると中からチンピラが、「人が入っているのにどんどん叩くんじゃねー」と出てきた。

私は切れた（ブチッ）。確かに酔いつぶれてトイレを占領していると勘違いしたのは私が悪い。ただ私のノックに対してなぜノックし返してこないのか？　あるいは手が離せないなら一言「今入ってる」と答えることができないのか？　これが気の弱そうな青年だったら構わないのだが、チンピラ気取っていてウンコしているのが恥ずかしいのか。コラ！

表に出ろということになった。この騒動を抑えようと私の後輩が割って入り（そこまではいい）、よりによって私を押さえつけた（ここが間違っている）。私は動かぬ標的となりチンピラのパンチが鼻にヒットし鼻が折れた。その夜は自力で救急外来に行った。その後、飲み会でその話題が出ると私はへらへら笑っていた。

実は前編で話した件は完全に人に話したことがないのではなく、何人かの人には話したが信じてもらえなかった。「ワハハ、そんなわけねーだろ」と言われて終わりだった。なぜ信じてもらえないのか不思議だったのだが、最近原因が分かりだした。私はとても頭の中の地図を大事にするタイプで、これはそれほど一般的なことではないのではないか？　そう思えてきたのである。

二階から落ちた件で自分のいる場所が男子便所の真上だというくだりがおそらく人

に伝わり難いのだろう。私に会ったことのある人なら、私がそんなに神経質なほうではないことは知っているだろうが、実はどうも位置ということに関しては結構細かいようである。

私は初めてのホテルや旅館に泊まる時必ず空き時間を利用して隅から隅まで歩くのである。部屋の様子が見られる時には覗いて見るし、そうでない時は大体の大きさを想像してみるのである。そういうことをして頭の中に簡単な地図を作るのである。二階建ての場合は当然二階も歩いてみて一階の地図に二階の地図を重ね合わせるのである。その際参考になるのは太い柱と水場である（普通一階も二階も同じ位置にある）。

その後ホテルをうろつく時はあたかもカーナビのように自分の位置を頭で確認しながら歩くのである。これをしなければ夜安心して眠れないのである。枕が変わると眠れないという人がいるがそれどころではない。万が一火事や何かの災害の時に必要になるから私にとっては当たり前のことであるが、こういうふうに頭に地図を作って歩く人は少数派のようである。ホテルや旅館だけでなく新しい町に行った時も同じことをする。車で行っているなら夜中の間にいろいろ走り回り、市販の地図と照らし合わせながら頭の中に地図を作るのである。

私は話をしていて適当に指をさす人にカチンとくる（もちろん本気で怒ったりはしない）。「今日ね、駅でね（と言ってどちらかの方角を指さす）こういうことがあってね……」と話が続くと指をさされたほうには何駅があるのだろうと考え、そこで起こった出来事を想像してみるのだが、話の終わりに、「それは何駅なの？」と聞いてみると全然違う方向の駅だったりして私が頭に浮かべた映像がガラガラと崩れていくのである。

他にも「おっ、その手続きどこでやっていたの？」に対し、「あっち（と言って指をさす）」。私の感覚から言えばその指先の延長線上に目的地があるはずなのだが、どうも一部に漠然と遠いという意味で「あっち」と言って指をさす人がいるようである。

私はカーナビが大好きなのだが、その機能についても一言言いたい。私の車に付いているカーナビは運転している人に合わせて地図の向きをあっちこっち動かしてくれる（進行方向と同じにしてくれる）モードと、常に北を上向きに表示するモード（北が上である理由を聞かれるとややこしいのだがそれに慣れている）と選べるのだが、これから開発するカーナビもぜひこうしてほしい。先日レンタカーを借りたところ（車自体の乗り心地はよかったのだが）カーナビはどこをどういじっても北を上向きに表示することができなかった（3Dとかは付いていた）。

私も初めてカーナビを使った時はどちらがいいのか分からなかったのだが、確かに初めは進行方向に合わせてくれるほうが使いやすいようにも思えたのだが、それだと自分がどこを走っているか分からない。カーナビを見て運転しながら頭の中の（日本地図と言うと言いすぎだが）関東をドライブするなら関東の地図を照らし合わせながら運転しているのである。確かに到着まであと何分とかあと何キロとかデジタルな情報は有難いのだが、そうではなくて今どのへんまで来てるかなという全体に対するイメージを楽しみたいのだ。「ああ随分運転してきたな」とか、「まだ三分の一か、少し気合を入れて走るか」とかを感じたいのである。

もちろん北が上という決まりはないので、私が頭の中の地図をカーナビに合わせて回転させればいいのかもしれないがそれはできないのである。一度トライしてみたのだが見慣れた地図もひっくり返すとよく分からなくなるし、微妙なカーブに合わせて頭の地図をくるくる回すことはできない。先日使った進行方向を上に案内してくれるカーナビは確かに目的地には着くのだが、何かカーナビに操られているうちに着いちゃった感が凄くするのだ。自分で運転している感覚がほしいのだ（じゃあカーナビなんか使わなきゃいい、とつっこまないでね）。ぜひ北を上にする機能をなくさないでほしい。

話が大脱線したが本題何だったけ？ そうそう「便所に行きたい」、私はことを成す時ゆっくりやることが多いのだが便所に行く時だけはバタバタしている。その邪魔はしないでほしい。だって漏れちゃうから。そんな邪魔をしたこともない読者にいきなりこういう言い方をするのは大変失礼なことなのだが、お願いしたい。

環境問題

私はどうも人から説教をされるのが苦手だ。ただこのことは私に限ったことではないようである。で、若い時分からどうも環境問題を唱える人を好きになれなかった。「環境を守れ！　自然が大事だ！」と声高に言う人がその運動のために車を乗り回していたり、タンカーに穴開けちゃったり（そんなことしたらそれが原因で海は汚れるし、だいたい彼らが乗っている小型ボートも石油で動いているわけだし……）。どうみても細々と暮らしている私より環境に負担をかけている連中が「環境が大事だ！」と言っているのである。

自分ができてないくせに他人にあれしろこれしろと言うのは私の最も嫌いな説教なのだ。もちろん、何事も完璧になんかできないし、誰でも間違いはあるのだからせめて、「私はここまで努力しています、その結果ここまではできるようになりました。こういうことは大事だと思いますので皆さんも協力してください」ぐらいの言い方はできないのだろうか。

あとこのての人が掲げるデータとか資料とかがどうも信用できないものが多いのだ。活動家の方がテレビなどに出てグラフを資料として提示した時、そのグラフの縦軸の単位は何か？　横軸の単位は何か？　縦軸横軸の目盛りはどういう幅でとってあるのか？　グラフの一部をとってきたのならどこをとってきたのか？　ということが全く分からないものが物凄く多いのである（ただしこれは環境問題に限ったことではなく、テレビなどで出されるグラフの多くはよく分からないものが多い）。で、なぜか私はこういうごまかしに鼻が利くのである。そういうところをごまかしてしまう人が言っていることを鵜呑みにしていいのだろうか？　そういうふうに思ってしまうのだ。

さらに私は繰り返しがとても嫌いなのだ。これは私個人の意見だが、環境問題は初め地球資源問題としてスタートしたのではないだろうか？　私が小学四、五年生の時『学習と科学』という雑誌を毎月（親が）買っていたのだが、科学の裏表紙に毎回、石油はあと何年、鉄鉱石はあと何年……的なものが載っていて、当時私が計算したところ、私の年齢が三十歳になった頃いろいろな資源がなくなっており、大変なことになっているはずであった（現在私は三十三歳だが、その前兆は来ていない）。どうも資源をバンバン使っていたらまずいことになるということは随分幼い頃から分かっていたのである。その分かっている私に向かって、分かっていない人が二十年も前と同じようなことを繰り返し説教してほしくないのだ。

さらに、環境を守る人はいい人的なイメージがどうしても気にいらないのだ。本当の善人は自ら自分はいい人ですとは言って回らないというのが私の持論（最近少し考え方を変えたのだが）で、環境を守っている私はいい人、守っていないあなたは悪い人のような新たなる差別に反発を覚えたのである（最近はこういう市民運動にはそういった側面があるのは仕方がないかなとも思えるようになったのだが〈そうでないと話が進まない〉）。

地球に優しくというスローガンも私にはなじまないものなのだ。地球のほうは別に人間ごときに優しくしてもらう必要はないのだ。恐竜が滅びた理由は諸説あるが地球に優しくしなかったからではない。その時地球は何をしていたかというといつもと変わらず回っていたはずだ。環境問題とは人間生活の問題なのだ。すなわち自分自身の問題を自分自身のために解決しなければならないので、決して地球のためではない。

という具合に説教嫌いの私に、
・自分ができていないのに他人に何かをやらせる、あるいはやらせない
・データや資料があてにならない
・随分前から同じようなことを何度も何度も繰り返している
・いい人であると自らの口で言う
・自分の問題を地球の問題にすりかえている
とても好感がもてないようなやり方でこの問題は大事だと説教してくるのである。

私が知っている本当にいろいろなことが分かっている人は、こういう説教の仕方をしないのだ。あれをやってごらん、これを考えてごらんと私の前に差し出して、じっと待っていてくれるのである。ただ、私が飽きっぽい性格なのでなかなか仕上がらないのだ（かなり期待を裏切っていると思うが……）。

どうもこの環境問題をきちんと語っている人がいないなと思っていたところ、『ホーキング未来を語る』でホーキング博士がきちんと説明していた。一七八ページから一八二ページのところで、人口増加と消費電力と科学論文数で今人間が行なっているような人口増加や技術進歩を続けていくことは無理であるということを、さすがに物理学者らしくきちんと数学的な計算で異論の余地がないように証明している（と、言っても省略している部分は多大にあるので、その部分はホーキング博士を信用するしかない〈信用するかしないかは他の部分を読んで信用に値するかどうか自分で判断するものだ〉）（できればそちらを読んでください）。

計算の結果、「二六〇〇年までには、世界の人口は人々が肩をぶつけるほどの状態で立っていなければいけなくなるほどに増加し、消費される電気によって地球は灼熱化することになる」（科学論文数は読む時間がないほど増加する）。

さらに抜粋させてもらうと、「人類が今まで宇宙人の接触を受けてこなかった理由は、文明というものは私たちの段階まで発展すると不安定になり、文明自体を破壊してしまうからである、という悲観的なジョークもあります。けれども私は楽天家です。人類がここまで発展してきたのは、何か興味あるものに出くわしたとき、犬のようにクンクンとにおいをかぎまわるためだけではないと信じています。」

胸のつかえがとれるような明快な説明をしてくれた。人々が肩をぶつけるまで増えるわけない！　ナンセンスだ！　と言ってしまえばそれまでだが、数学的（物理学的？）証明は異論の余地のない地点まできちんとやらないといけないし、そのようにして暮らしている人間を想像すると笑ってしまう。そんなことは分かっていて、半分ジョークのつもりなのであろう。

深刻な問題を話す時に深刻そうな顔をしながら話さないといけないというのは必ず

しも正しくないと思う。十分に理解していればこそジョークも交えて話ができるのである。私はロマンチストではない。バリバリの現実主義者なのであるが、これを読んで環境問題なんて語る柄ではないが、少し考えてみたほうがよいなと思った（そのことによって私が始めたことはゴミの分別ぐらいである〈何ともありきたりだ、他にないのか？〉）。そもそも、人間が行なうどのような活動も全くの矛盾を伴わないということはない、そのひとつひとつをあげ連ねて欠点を指摘するより（が、もちろん欠点は直すべきだ）は、全体的な方向性が悪くないと思えばある程度協力していくのが大人かもしれない。この問題に対してはホーキング博士と同じように楽天的な解決策があるはずだと信じるようになった。

進化

人は進化することができるのか？　これは結構難しいだろう。とかくこの世は争いごとが絶えない。争いの原因は様々であるがどれにも共通していることはくだらないということである。アイツと同じだけ仕事をしているのに給料が安い、アイツのほうがご飯を多く食べた、アイツのほうが女（男）にもてやがる、などといって争っているのはよいほうとして、肌の色が気持ち悪い、顔が気持ち悪い、暑くもないのに汗をだらだら出して気持ち悪い（あっ俺か、汗っ）、書き出していてうんざりするぐらい幼稚な理由で迫害される。

誰にでもあることだが、小学生の頃は二十歳の人は凄く大人に見えたが、いざ自分がなってみるとあんまり変わらないとか、三十歳は凄くおじさん（おばさん）に思えたりしたものだが、いざなってみると昔とあんまり変わらないと感じたりする。この事実から私は気持ちが若いのよ、若々しくていいじゃないと途方もなく積極的で図々しい結論を出す人もいるのであろうが、肉体は確実に年を取っている（冷たいね）。

自分が進歩してないなと感じることがあるが、それは自分に限ったことではないようである。そのことから結論づけられることは、ほとんどの人間にとって成長とは肉体的なものであって中身の問題ではないようである。むしろ肉体が大人になった分だけ始末が悪いこともある。子供相手なら「コラーッ！」で済むようなことが、「うーん、私も一度考えてみたんだがね、君の意見には一部あまり適切でない部分があるかもしれないと思うのだよ」となって大変まどろっこしい。この幼稚な大人が進化した人類など許すわけがないのである。唯一ありそうな可能性としては心ある大人たちのもと、保護されて進化が始まるということがあるかもしれない。

ところで私は常々、人間が進化した新人類には形態的変化が起こるだろうと思っていたのだが、あまりに大胆な（と言うほどでもないのだが人に嫌がられる）仮説のため人に言わないようにしていたのだがある時同じことを言っている人がいた。かの有名な物理学者であるホーキングである（これが近所の酔っ払いの意見と同じだったら私もさぞ落ち込んだだろう）。

こう書いた後に違っていたらまずいと思ってホーキングの著書である『ホーキング未来を語る』を調べてみたのだが、なかなか書いてある部分が見つからなかった。やっとのことでその一八七ページに見つけたのだがこう書いてあった。

「だからこそ、私はスタートレックのような SF を信じないのです。そこでの人々は、四百年後でも同じ形態をしています」（この文章の前でスタートレックのファンであると書いてあるがダメだしをするならといった感じの文脈の中で）。私が思っていたほどそのことを強調している感じではなかった、というよりさらっと書いてあった（それゆえなかなか見つけることができなかった）。思い込みとは怖いものだ。

形態的変化が起こるとしたらどのようになるのか……羽が生える？　大空を鳥のように自由に飛んでみたいと刑務所の囚人が言うそうだが（笑えないか）、解剖学的にはもし羽がほしいなら鳥たちがそうであるように両腕をあきらめなければいけないだろう。あるいは人間に近いところとしてはムササビみたいに皮膚をビローンと広げてあんまりかっこよくない姿で飛ばなければならない（コートの下に何も身につけないで女性の前に出てバーッとやっているおじさんの姿を思い出したが、形としてはそれに近いものになるだろう。頭に思い浮かべるコートが肌色であればなおよい）。あと空を飛ぶ生き物としてはトンボとかかな？　でも生物の系統的にはだいぶ遠いなと思った。

話は脱線するが、あのトンボの仲間すなわち節足動物はかなりイケテル生物である。以前、カニを食べていた時、「ズワイガニは足が四対しかないがタラバガニは足が五対ある、ズワイガニはヤドカリの仲間でタラバガニはカニの仲間だから」と言った友人がいた。そこで、足の本数を数えてみると確かにタラバガニは四対しかなくズワイガニには五対あったのだ（足りない一本の足を店のオヤジがあやしい業者に横流ししているわけではない）。カニ食べ放題！　の広告に魅せられて胃袋をカニいっぱいにした日本人の人数は途方もない数であろう。その中でいったいどれほどの人間がタラバガニとズワイガニの足の本数の違いを認識していたのだろう！　えっ、だからどうしたって？

以降カニ情報を聞き漏らさないように注意していると、とある博物館で節足動物の展示があった。それによるとタラバガニの五対目の足は完全にないのではなく後ろのほうに小さい足が付いていると書いてある。確かに標本をみるとチョロンとちっちゃいのが付いている（残念ながら食べられそうにもないくらい小さい）。他にエビ、サソリ、ムカデ etc 小さい子供に喜ばれそうな、若い女性は「いや〜」と言いそうな、若くないおばちゃんに新聞紙を丸めてバシッと叩かれそうな展示が続いた。

結論。彼ら（節足動物たち）は自分の都合で体の前後に節を増やしたり減らしたりして、必要な機能を追加したりいらない機能をなくしたりできるのである。もうちょっと足を増やしたいなと思えばそれようの節を増やし、ハサミがほしいなと思えばそれようの節を増やし、羽がほしいなと思えばそれようの節を増やす。しかもである、カブトムシなどを想像してもらえば分かるが羽の付いた節に足まで付いている。一つの節にいくつかの機能を付けることができる。

脱線の脱線であるが、携帯電話もこの機能を取り入れたらどうかと思った。わしゃ電話しかかけんという人には電話のみを、メモリーがほしいという人にはメモリーをピタッとくっつけて、メールしたい、写真撮りたい、よく使うので充電器がそのままくっついていてほしい。電気ヒゲそりみたいにコンセントが付いている機種がなぜないのだろう?（私はこの点については結構本気で思っている）テレビを見たい、ゲームをしたい、ビデオが見たい、DVDが見たい、自転車としても使えるようにしたい、自家用機として飛ばせるようにしたい、家として中で暮らせるようにしたい（リビングは広めで部屋は他に最低三部屋、温泉が付いていたらさらにラッキー）、など目的に合わせて合体できる……必要ないか……。

話を戻すと、例えばムカデがどうも最近頭が悪いような気がすると考えた場合（本当に悪いと考えられない可能性があるのだが）、節を一つ増やしてそこに考える部分と足を付ければいいのではないか、それでも足りなければ次々と節を増やしていけばよいのではないか？　これは事実とすれば凄いことだ。人間に比べて設計がかなり自由に行なえる（この設計は人間頭で考えた場合はという条件が入るが……）。明日の地球を闊歩するのは人間ではなくムカデの仲間かもしれない。それは人の心がけ次第であろう。

さらに話を戻すと、人間である。どうも明るくなさそうな未来であるが進化を迎えるとしたらいくつかあると思うが、初めて接すればギョッとはするかもしれないが形態的な変化があっても動じない、争いごとを好まない心優しい人が増える。すなわち橋渡し役が増える。あるいは起こる変化が橋渡し役以外の普通の人には分からない。確かにあなたの目に入ってはいるのだが、あなたの感覚器では認識できない程度の変化しか生じないという可能性もある。エヘエへ、もしかしたらもうあなたの周りに数多くの新人類がいるかもしれませんよ。えっ、新人類があなたたちに悪いことをするかもしれないって？　それは劣情に侵されたあなたたちの考えでしょ。彼らはずっと崇高な考えを持っているわ……た・だ・し、彼らを怒らせると怖いわよ〜、エヘエヘ……。

という、怪奇未来小説のネタになりそうな終わり方でいいのだろうか?

鉄琴

正直、誰にでも嫌いな科目というのはあるもので、私の場合は音楽であった。小学生の頃、音楽と聞くとそれだけで心が重くなり、音楽の授業がある日は朝から暗い気持ちで学校に行っていた。大人になった今、音楽に対するコンプレックスはなくなり気軽に楽しむことができるようになった。そう、子供の頃の私に足りなかったものは音楽を楽しむという姿勢であった。

始まりは幼稚園の時である。今でも覚えている。先生「ドー、はい、じゃみんな」、園児たち「ドー」、先生「レー、はい、じゃみんな」、園児たち「レー」、先生「ミー、はい、じゃみんな」、園児たち「ミー」、ここらへんまではついていっていた。先生が、「はい、じゃ、このオルガンと同じ音を出して、ブゥオンー（オルガンのドの音）」、園児たち「ドー」、私「は?・」。ここだここで落ちこぼれた。先生と私は見た目が似ている。この似たもの同士は同じ音が出るかもしれない。しかしオルガンと私は全く似ていない。こんなに似ていないものが同じ音を出すということに強烈な違和感を覚えた。しかし、そんな私の疑問とは裏腹に授業はどんどん進んでいった。先生がオルガンを弾くと園児たちは器用に歌った。ドレミという音階で歌ったり歌詞で歌ったり。私もみんなに遅れまいと考え何とかついていこうとしたが、なぜ同じ音が出るかという問題を解決しなければならなかった。自由時間になると私はオルガンの近くへ行きペダルの穴から中を覗いたり鍵盤をじっくり眺めたり、ありとあらゆる角度から見える部分もそして見えない部分も観察しようとした。そんな私の姿を見た先生は高価なオルガンにイタズラをしようとしているように見えたのだろう、オルガンに近づいてはいけないというクラスの決まりができた。子供の頃から聞き分けのよかった私はその後オルガンに近づくことはなくなった。そしてある結論を出した。私も先生もオルガンも地面にくっついている。こういう地面にくっついたものからは同じ音が出るのだ。よし、これで納得と思った矢先にハーモニカなるものが出てきた。なんじゃこりゃ？　これは地面にくっついていない。いやそればかりかこれは新たな問題をかかえている。なんで吸ったり吐いたりしないといけないのだ？　吸うなら吸う、吐くなら吐くで統一できないのか？　全く分からなくなった。そんな楽器を演奏できない落ちこぼれのためにカスタネットと鈴が用意された。配られたカスタネットはみんな同じもので手にのせる部分が青くて叩く部分が赤かった。材質は木でできているようだがみんな同じ色をしている。この色でなければだめなのか？　配られた鈴は手に持つタイプで複数の鈴がついていた。それでジャラジャラっていい加減すぎないか？　まずは一つの鈴を正確に鳴らす練習からしなくてはいけないのでは？

小学校に上がった後もこういった私の疑問は全く解決しないどころかますます増えていった。ドレミファソラシド。何でドから始まってドに戻ってしまうのか？　算数などを習うと１２３４５６７８９10の後は１ではなく11であり納得できた。先生に最初のドと最後のドは同じなのと聞くと同じだと答えた。また最初のドと最後のドは違うのと聞くと違うと答えた。いったいどういうことなんだ？　オルガンの鍵盤をよく眺めてみると白黒白黒白白黒白黒白黒白白黒白黒白……であり、なんで最初から最後まで白黒白黒じゃないのかが不思議であった。もし白の数を多くするのであれば白三黒二白四黒三の手前は白二黒一に後ろは白五黒四にしたほうがしっくりくる。そういう質問をするとミとファ、シとドの間は半音しか上がってないの、とくる。だからそこを言っているんだ。半音しか上がらないならそんなもん飛ばしちまえばいいじゃないか！（今ははっきりこう言えるが当時は釈然としない気持ちで納得したふりをしていた）。

そして理解のできない私をおいてどんどん楽器は増えていった。例えばトライアングルはこの三角形の頂点が一つ欠けているのは何で？　あとこんなにぶらぶらしていていいのか？　この欠けた頂点が右にある時でも左にある時でもいつでも叩いていいのか？　欠けた頂点を含んだ辺を叩くのか、その頂点と相対する辺を叩くのかどっちなんだ？　辺を叩くとしたらどのあたりを叩けばよいのか、端のほうなのか真ん中なのか？　トライアングル一つでこの調子だから音楽に関する私の不信感はどんどん深まっていった。そういった私にとってわけの分からない楽器を持ち合わせて演奏会をするというのは、いったいこの人たちは何をやっているのだろうという絶望にも似た感情を抱かせた（もちろん現在では楽器にいろいろなものがあるのはいいことだなと思っている）。かろうじて歌ではついていくつもりだったが、当時の私は間違うことが異常なまでに嫌いだった（今ではすっかりいい加減な人間になったのだが）。歌を歌っていて次の歌詞が気になってしょうがなかった。たとえ曲の一番が歌えても二番が歌えるか不安でしょうがなかった。こうして音楽の授業があるたびに私は極度の緊張を強いられるため、いつしか音楽を憎むまでになっていた。

小学校五年の時、音楽の授業だけは音大出の別の先生が教えることになった。私は音楽を憎むようになっていたので授業中先生を睨むことが多かった（ごめんね先生）。おそらく何でこの子はこんなに私を睨むのだろうと思っていたことだと思う。ところがである！　ここで嬉しい楽器を見つけた。鉄琴である！　鉄琴だけを見て喜んだのではない。四年生の時、木琴を習っていたからだ。そっくりだ！　しかも木琴と鉄琴を一緒に使って演奏することがあるということに大変感動した。似ていると言えばオルガンとピアノも似ていたのだが、なぜか一緒に使うことがないので、私は腹だたしく思っていた。演奏会があるので楽器を選ぶ際、今まで音楽の授業で見せたことのないなみなみならぬ強い意志で鉄琴に立候補した。周りの人に何も言わせないぞという雰囲気が漂っていたのかあっさり私に決まった。しかもである。木琴に決まったのはクラスで大好きな女の子であった。いっ、一緒に練習できる。鉄琴と木琴で一緒に練習できる。私の音楽人生はバラ色になるはずだった。練習を始めて一週間ぐらい経った時である。クラスの担任（音楽と別の先生）が私のところへやって来てこう言った。「お前はシンバルがいいと思う」。心の中で、「ええっ、なんで俺がシンバル？　俺の鉄琴は？　あの子と一緒に練習する夢は……？」と思ったが子供の頃から聞き分けがよく感情的にならない性格の私は、「はい先生、でもシンバルっていつ叩けばいいのですか？」「適当でいいんだよ自分が叩きたい時に叩けば」。当時適当という言葉が大嫌いだった私だが（現在では大好きな言葉である）、聞き分けがよいので「はい」とだけ答えた。心の中でつぶやいた、「悪気はないのだろうがこの先生は何かを勘違いしている。普段私の音楽に対する姿勢を知らないんだ。だいたいシンバルなんて指揮者やピアノほどでないにしても重要すぎる楽器だ。どうしたらいいんだ」。心に描いたあの子と一緒に木琴と鉄琴で演奏するという夢が消え、かわりにわけの分からないシンバルを叩かなくてはいけないという不安が流れ込んできた。何か大木のようなものが折れる音がした。

中学生になると音楽を憎むなどという大人げない姿勢はなくなり、また音楽の先生が男の先生で好きな先生だったのでそれなりに努力するようになっていた。高校に上がった後では物理で音の性質というものを学び、せめてこの取っ掛かりぐらいを小学校の音楽か理科で教えてくれよと思ったりもしたが、私が音楽を好きになれなかったのは知識がないからではなかった。単純に音楽を楽しむという姿勢がなかったからではないかと思った。

カラオケに行って思いっきり歌う。少々音が外れていようが歌詞が間違っていようが関係ない。歌っていて楽しいだろう、あるいは音楽を聴いて気持ちが晴れることもあるだろう、そんな単純なことが分かるようになったのはだいぶ大人になってからであった。

窓の外

窓の外の風景というものは自分をどこか違うところへ連れていってくれる。思えば昔から窓の外が好きであった。高校生の頃、授業はどこかぼんやりしていた。運よく窓際の席に座ると体育の授業で校庭を走る女生徒を目で追っていたような気がする。運悪く窓際の席に座れなかった時は前に座る女生徒のブラジャーの線が透けているのを見て股間を膨らませていたような気がする。しかし、不思議なものでその時習ったことが全く頭に入っていないのかというとそうでもないようだ。

私が思うに教育の目的は本の目次を作る作業に似ていると思う。何かキーワードを覚えていて必要な時にいったいどこを調べればいいのかが分かればそれでいいのである。「分かる」とはなかなか難しい。自分の中に初めから明確なイメージとして存在するものを再度他人から聞いた場合か、自分の中で何かモヤモヤしたものがあり、それがよく分からない時に他人が説明してくれた場合でなければなかなか「分かる」とはならないのである。

自分の頭で全く考えていないことを他人がいくら熱心に教えても内容が伝わることはまずない。伝わるのはこの人は私に何かを熱心に伝えようとしているという点だけである。そういう思いを何度も何度もすることによって、「バカには伝わらない」と言って教えるのをやめてしまう気持ちもよく分かるが（この点は責められない、このレベルで人を責めていいのなら世の中にはそれより先に手をつける問題がずっと多くある）、教育者にお願いするのは念のために教えておいてほしいということである。

何かを教わった時、初めは分からなくても後になって分かることは多いものである。その人にとって必要なことというものはなぜだか知らないが頭のどこかに引っかかっていて、随分の時を経てからあこういうことを言っていたのかと理解するものである。ところがそのキーワードがないとどこを調べたらよいのか分からないで、宙ぶらりんなモヤモヤした気持ちを長く経験した後自分で答えを見つけるしかなくなる。もちろん自分で考えることは大事なのだが、何かヒントがあると大変有難いものなのだ。

大学生の頃、千葉から御茶ノ水に電車で約一時間の道のりを通っていた。窓の外の大変のどかな風景とは裏腹に電車の中は殺人的な満員状態であった。まっすぐ立とうにも体重を俺にかけてくるオヤジがいる。電車が揺れればそのつど足を踏ん張って耐える。自分が座席の前に来てしまった時などは体をくの字にしてまるで人柱のような姿勢で体を支えている。中学生の頃、歴史の教科書にイギリスの炭鉱で働く少年の絵が資料として載っていたが、おそらくこの満員電車も五十年か百年したら劣悪な労働条件として教科書に載ることになるだろう、などと考えながら御茶ノ水にある大学に着く頃にはすっかり疲れ果ててしまい、授業時間はすっかり睡眠時間と化した。

列車の外を見ながら考えたことはただ一つ、この生活から何とかして抜け出さなければいけないということだった。そのためには一日でも早く卒業し就職しなければならない。就職する時は必ず地方にしよう。貧乏して無理やり東京にしがみついているのはみじめだ。授業にまじめに出席し始めたのはこの頃からであった。そんな決意をしたとたん、時間が過ぎるのが遅く感じるものである。私は歯学部に所属していたので卒業までに最低六年かかるのでなおさらだった（もっとも、私は特別優秀だったため七年かけて卒業したのだが）。

私は錦糸町が好きであった。缶詰状態の快速電車から缶詰状態の普通電車に乗り換えるほんのひと時、窓の外の眺めていた風景の中に出ることができるのである。時々、缶詰状態の普通電車に乗りたくないという誘惑に負けて錦糸町をぶらぶらした後、教養学部のある市川に向けて反対側の下り電車に乗ってしまうこともあった。水泳部に入っていたので教養学部ではプールで一日をすごすことになった。そんな私にも当時誰にも言ってなかったのだが夢があった。もし地方で歯医者としてそこそこやっていけるようになって東京に戻ってくることができたら錦糸町にしよう。錦糸町でカレー屋をやろうと心に決めていた。

実社会に出た今ではカレーは材料費がかかりすぎて利益が少ないことが分かり、手を出そうとは思わないのだが、当時はかなり真剣に考えていた。店の名前は「ビッグ・カツカレー」である。貧乏性だった当時、考えたのはボリュームである。町のカレー屋で食べるカツのボリュームがないのが大変不満であった。あるいはトンカツ屋に行くとカツのボリュームはいいのだが、甘ったるいカレーを出してくるのが気に入らなかった。やはり駅から見えるところがいいとか、ＪＲＡがあるから土、日は午前中だけでも開けてないとだめだとか、いろいろ考えていた。

卒業と同時にあきる野市という都心から少し外れたところで仕事をしだし、鴨川市に転勤してからだいぶ仕事にも慣れた頃にはあまりガツガツしなくなっていた。暇な時間もできたので本も読むようになっていたのだが、この時改めて高校時代や大学時代に使っていた自分の専門分野以外の教材を眺めて、なるほどなかなか面白いものがあるなと思うようになった。そもそも誰かが面白いと言ってはまっているものは、いざ自分もはまってみると面白いことが多い。それが学校の先生ならなおさらである。

もちろん仕事の合間に窓の外を見るクセは直っていない（もちろん仕事もちゃんとやっている）。そこには以前にも書いたが、田んぼがあり山があり鳥がいる。対象が女生徒から風景全般をぼんやり見るように変わってきたことは心なし淋しい気もするが、それでもやはり窓の外の風景は自分をどこか違うところへ連れていってくれるものだ。

トンビ（秋冬）

稲刈りが終わった後の田んぼの様子は大変にぎやかで私は好きである。こぼれた米粒を食べているのか出てきたミミズを食べているのか分からないが、様々な小鳥たちが群を成してやってくる。小鳥たちはなぜかは分からないが、一羽が飛ぶとそれに合わせて周りの仲間も一斉に飛び、少しだけ場所を変える。職場の窓から見える風景はいつものカラスやトンビに小鳥たちを加え活気づいてくる。

しばらくすると稲の切り口から新しい芽が出てくる。その高さが十センチにもなると小鳥たちには田んぼが障害物だらけですごし難くなるのか現れなくなる。そのかわり現れるのが足が長く首が長く嘴《くちばし》が尖っているサギである。ウィーンガチャコンガチャコンと動かすあの長い足は、草がほどほどに繋っているところには便利なようである。ウィーンズキュンズキュンと地面を突き刺すのに長い首と嘴は草がほどほどに繋っているところに便利なようである。以前からこのての細長い鳥を見ると、何であんなに飛び難い形をしているのか不思議でならなかったのだが、なるほどこういうメリットがあるのだなと妙に感心をした。

天高く馬肥ゆる秋とはよく言ったものだ。秋が近づいてくると爽やかな風とともに空の抜けがよくなってくる。その空を見ていてふと気づいたのだが、天が高くなるのに合わせるようにしてトンビも高く飛ぶようになっている。考え直してみて天が高くなったからトンビが高く飛ぶように見えているだけなのかなとも思ったのだが、よくよく観察してみてやっぱり空高くを飛ぶようになっているのである。トンビが飛ぶ高さは天の高さに合わせて変わっていくのではという一見非科学的な仮説が立った。

とりあえず、高く飛んでいるトンビが見られるところはないだろうか? 鴨川は三方を山に囲まれている。その山の一つに展望台があるとのことなのでそこを目指した。山の上の展望台といってもさほど高い山でもなく、車ですぐ近くまで行った後、歩いてチョコチョコっと登れるものであった。展望台から海のほうを見ると物凄い数のトンビが飛んでいた。ヒッチコックの映画で『鳥』というのがあったが、あまりに数が多いと少し怖いと感じたりするものである。今まではプールの駐車場にいるトンビを見てここにはたくさんいると満足していたのだが、今目の前には千羽いや二千羽、いったい何羽いるのか分からない、と同時に何で今までこんなにたくさんいることに気づかなかったのか不思議になった。以前は見えなかったものがある時突然見え出すことがある。以前も確かにあったのだが全く見えてなかったことには驚くしかないのである。

何だか高揚した気持ちで展望台を降りて駐車場に向かって小道を歩き出した。近くのベンチにおばちゃんが二人座り、お弁当を広げていた。何とものんきな姿である。その時おばちゃんたちの後ろから息を潜めるようにしてトンビが近づいてきた。バサバサッ。一瞬にしてトンビはおばちゃんたちのおにぎりを奪った。右側のおばちゃんはアワワアワワ、左側のおばちゃんもアワワアワワと声にならない様子であった。二人の慌てようには、失礼であるが笑ってしまった。トンビもおにぎりなんか盗んでちょっと突っついたら海苔がはがれて食べにくくないのかなあなどと思った。その時これも絵や詩になるかもしれないと思った。上手に表現できれば随分滑稽なものになるだろう。結局、感じるっていうことかな、大事なのは……などと感傷に浸ってみたりもする。

しかし、こういった動物は人間のためにならないとされる。特にカラスなどは最近随分悪者にされているようである。出した生ゴミを食べ散らかすカラスは悪者ということになっているらしい。一部の報道で、悪賢いカラスを追っ払うためにカラスの死体の模型をぶら下げているようなことを見聞きすると、おいおい半分冗談でやっているならいいけど……だいたい「賢い」の前に悪いを付ける必要は全くないのだ。ことの善悪はおいておいて、趣味の問題として悪趣味なのはカラスの死体の模型をぶら下げているほうじゃないのか？　さらにカラスが賢いのではなく人間がバカだとは一瞬たりとも思わないのだろうか？

そもそも、動物たちは人間が思っているほどバカではない。また、人間たちは人間が思っているほど賢くはない。それぞれそれなりに頑張って生きているのである。だいたいゴミ置き場になっている場所は人間が勝手に決めたことで、元来その場所は誰のものでもない。まあ、こういうことを人間社会で言うと問題があるのかもしれないが、少なくともカラスはそんな契約は結んでいないので守る必要もない。カラスに言わせれば土地という土地をアスファルトやコンクリートで固めやがって、お前ら人間こそ悪者だということになるだろう。もっとも、カラスが苦情を申し立てた相手に土地をアスファルトやコンクリートで固める能力があるかどうかは分からない。彼らもまたある環境の中でそれなりに生きているだけかもしれない。

まあ、これといった話題がないので取り上げていたり、半分ふざけて話をしていたり、これはビジネスチャンスと乗っかってみたりするのはかまわないが、よもや本気にしている人などいるまいと思っていたのだが、最近どうもそうではないらしいということに気づいた。この程度の客観性をもたずに生きている人がいるということが分かると、人間社会がなぜ成り立っているのか不思議でならなくなる。

十二月頃になると風は乾いていよいよ冷たくなり、冬の到来を感じさせる。空気はいっそう澄み、天はますます高くなり、トンビはますます高く飛ぶ。んっ？　テンタカクウマコユルアキ？　もう一度空を見上げて確認した。秋よりこの冬の入りのほうが明らかに天が高い。確かに夏から秋への劇的な空の変化に比べれば、秋から冬への変化は地味だ。しかし徐々に天が高くなっている。トンビはさらに高く飛んでいる。

冷たい冬の風を感じながら空をじっと見上げていて、ふと凧を揚げたくなった。以前は正月前後の風物詩として子供たちはこぞって凧揚げをしたものだが、今ではあまりそういう風景は見ない。おそらく凧を揚げるような広場がない、凧が電線に絡まったりすると危険だ、凧に気をとられ交通事故でも起こしたら危ない、凧揚げより面白い遊びがあるetcといった理由で最近は流行らないのだろう。凧がいつの時代からあったのかは知らないが、空を見上げているうちに紙に糸をつけて飛ばしてみたい、そう考えた人の気持ちがふと感じられた。

東京に用事があり、ある時アクアラインを通っていた。アクアラインとは横浜と木更津の間の東京湾を道路でつないだものだ。時間短縮になって大変便利なのでよく使うのだが、短い距離のわりに料金が高いのが玉に瑕かなとも思ったりするのだが、考え方を変えてみると、距離が短くなって時間が短縮されたからこそ料金は高いのかもしれない。千葉側は海の上に橋のような道路が浮かび、海ほたるサービスエリアを境目にして横浜側は海の下にトンネルが掘られている。その日は大変風が強く車も結構ハンドルを取られたのだが、外ではカモメが風を体に受けて飛んでいた。飛ぶといっても翼をバタバタやるのではなく、翼を広げた状態でホバーリング(?)、ずーっとほぼ同じ位置を保っていたのである。いくら羽毛を身にまとっているからとはいえ、このクソ寒い中、クソ冷たい風を浴びてさぞかし辛いだろうなと同じ恒温動物として同情した。

後日またアクアラインを通る機会があった。その日はぽかぽか陽気で風もほとんど吹かない穏やかな冬の一日であったのだが、車を運転していて途中で「んっ?」と思った。道路を照らすための電灯の上にカモメのモニュメントが付いているのである。「あれ？　あんなの付いていたっけ？　随分変わったデザインの電灯にしたもんだ」と思った。車で走りながら目に入る電灯、目に入る電灯みんなそうなっていたのであるが、途中で一個抜けていた。「あれ？」と思った。先へ行くと時々抜けているのである。そこでようやく気づいたのだが、電灯の上にカモメがとまっているのである。

先日の必死のカモメに比べて随分楽をしてそうな気がした。こういうのんきそうな動物の姿を見るとどこかおかしさがこみ上げてくるものだ。しかし、よくよく考えてみて風の強い中飛んでいたカモメは、カモメとしては最大限に楽をしていたのかもしれないとも思った。あの風の中では電灯の上にとまってはいられない。無理にそんな所へとまっているより飛んでいるほうが楽だったのかもしれない。

正月を過ぎると少し空の抜けが悪くなる。トンビも少し高度を下げてくるのでカラスも合わせて少し高度を下げるようである。結果、鳥の密度が濃くなる。そんな鳥たちを見ようと思ったら川の河口に行くといいようだ。冬には川と海との境目は餌が豊富なのだろう。空にはそれこそ空を埋め尽くさんばかりのトンビが飛んでいる。聞こえる鳴き声はカーカーである。カラスの様子はよく見えないのだが、彼らは声が大きく一番通るようである。川岸には小鳥たちが群を成しており、川の中ではカモやアヒルが泳いでいるし、サギがガチャコンガチャコンと歩いている。遠く海を見るとカモメが飛んでいる。

冬になると鴨川の町はしんしんと静かになる。もちろん町には車がブーブー通るし、人もバタバタ歩いている。そもそも鴨川は千葉で最も南側にある町のひとつなので雪もまず降らないのだが、冬になるとどこか町並みが淋しい感じがするのである。たまたま仕事の都合で鴨川という田舎に来たのだが、正直これだけ多くのことを学び感じることができるようになるとは思わなかった。都会の忙しい生活の中、すっかり曇らせてしまっていた感性を取り戻すことができた。

しんしんとした町並みの中、草も木も鳥も人も静かに身を寄せて春の訪れを待っているようである。

あとがき

文芸社が主催するコンテストにショートストーリーを応募したことがこの本を書くきっかけとなった。この時は残念ながら採用にはならなかったのだが、文化出版部の山田一慶さんからある程度まとまった量の文章を書いてみせてくれないかと連絡があった。プロが私の書いた文章に興味を持ってくれたということが自信になった。俄然やる気を出し一ヶ月ほどで原稿を完成させた。

その後、文芸社に原稿を送り採用を願った。初めは採用されることを期待しドキドキしていた。連絡がないまま時間が過ぎ、期待が大きいと失望も大きいという事実が私を弱気にしていた。二ヶ月ほど過ぎた時、本の形として出版しましょうと連絡があった。テンションが下がりすぎていたせいもあると思うが初めは実感がなかった。

それから五ヶ月して編集の作業をしているのだが、これが本という形になろうとしていることは感無量である。と同時に時間が経ってから冷静に自分の書いた文章を読み直してみると、果たしてこれでいいのかな？　という気分もしてくるものである。いやいや、そのような気持ちは振り払ってここは進もう。

人類にとっては小さな一歩だが、私にとっては大きな一歩だ！（必要以上に大げさだが）と、胸を張り、自分の仕事がひとつの形になったことに感謝しよう。

さて、私は四年ほど前に千葉県の南房総にある鴨川という町で仕事をすることとなった。仕事に慣れると暇な時間をみつけて近所をぶらぶらすることが多くなった。そんなぶらぶら散歩しながら気づいた景色や考えたことをまとめてみた。

地元の人との交流もあり、いろいろなエピソードもあった。しかし私が勝手に文章に書いてしまうのもよくないかなと思った結果、自然の様子や町の様子が中心となった。地元の人は、（男性に多いのだが）無骨な感じはするが心優しい人たちであった。何というか、よく都会の飲食店にありがちな「いらっしゃいませ」「ありがとうございました」的な画一化された、不快ではないが嬉しくもない付き合いはしない。気心知れるといろいろなところへ連れていってくれる（時に連れ回される）。そして、一緒に酒を飲み楽しませてくれる人たちであった。ポツンと一人で鴨川にやってきた私にはありがたかった。

最後に文化出版部の山田一慶さん、編集部の小泉剛さん、その他この本に携わって下さった文芸社の方々、本当にありがとうございました。

平成十六年二月

石倉　聡

著者プロフィール

石倉　聡（いしくら　あきら）

昭和45年千葉県生まれ。
県立千葉高校、東京医科歯科大学歯学部卒業。
歯科医師。栃木県宇都宮市在住。

鴨川紀行

2004年5月15日　初版第1刷発行

著　者　石倉　聡
発行者　瓜谷 綱延
発行所　株式会社文芸社
〒160-0022　東京都新宿区新宿1－10－1
電話　03-5369-3060（編集）
03-5369-2299（販売）

印刷所　図書印刷株式会社

ISBN4-8355-7341-2 C0095